AU ROY.

SIRE,

C'eſt à V. M. qu'appartiennent tous les Ouvrages d'une Compagnie, qui eſt ſous voſtre Protection, non ſeulement par le meſme droit, qui y met tous les Corps de voſtre Royaume; mais par une eſpece d'adoption, dont vous l'avez honorée, en prenant le titre de Protecteur de l'Académie Françoiſe. Mais, SIRE, quand le devoir & la reconnoiſſance ne nous obligeroient pas à vous conſacrer noſtre travail, à qui pourrions nous pluſtoſt offrir le recuëil de tous les termes, & de toutes les phraſes de la Langue Françoiſe, qu'à V. M. qui la parle plus purement que perſonne; qui la miſe, pour ainſi dire, en poſſeſſion de toutes les Sciences, en inſtituant de célébres Académies, pour les cultiver; & qui par la ſupériorité de ſa puiſſance l'a renduë, en quelque ſorte, la Langue de tout l'Univers. Au point, SIRE, où elle eſt deſormais parvenuë, il ne luy manque qu'une choſe; c'eſt d'avoir des termes qui puiſſent reſpondre aux idées que vos grandes Actions donnent de Vous : mais quelle Langue ancienne, ou moderne n'auroit pas en cela le meſme deffaut; & quand celles de Rome, & d'Athenes vivroient encore dans les meſmes bouches, qui ont ſi ſouvent fait triompher l'Eloquence; pourroient elles s'élever aſſez heureuſement juſqu'à vous, pour atteindre à la grandeur de leur ſujet, & célébrer dignement les merveilles de voſtre Regne ? Il n'y a aucune partie de la Terre qui n'en ait recuëilli quelque fruit; & la pluſpart meſme de vos Ennemis, à qui ſont-ils redevables de tant de forces qu'ils vous oppoſent, qu'à V. M. qui a garenti plus d'une fois leurs Eſtats, d'une ruine entiere, par la protection de ſes Armes; & qui leur a généreuſement accordé la Paix, toutes les fois qu'aprés vous avoir obligé à tourner ces meſmes Armes contre eux, ils ſe ſont reconnus trop foibles pour y reſiſter. Graces au Ciel, SIRE, ils ont encore beſoin de la modération de V. M. par l'eſtat où les a reduits, & la profondeur de voſtre ſageſſe, qui a déconcerté tous leurs projets, & la grandeur de voſtre puiſſance, qui non ſeulement leur a fait teſte de tous coſtez, en mesme temps, mais qui les a par tout repoussez, par tout attaquez, & par tout vaincus. L'attachement que nous avons pour les belles Lettres, nous rend presents à l'esprit les divers événements de tous les siecles ; & nous ne craignons point d'avancer, à la face de la Terre, qu'il n'y a rien de plus grand dans toute l'Antiquité, que le spectacle que vous donnez maintenant à l'Univers, Vous seul contre toute l'Europe.

Quelle haute idée ne donnera point de vous à la Postérité, SIRE, le bruit & l'esclat de tant de grandes choses que vos propres Ennemis ne pourront s'empescher d'y faire passer? Et quel empressement, quelle avidité, quelle attention n'aura-t-elle point à rechercher, à recuëillir, à conserver d'âge en âge, les Histoires de vostre Regne, les Relations de vos glorieuses Campagnes, les Chants de victoire qu'on aura meslez à vos Triomphes, & jusques aux moindres Ouvrages qui l'entretiendront de vous ! Nous espérons, SIRE, que l'Auguste Nom qui les deffendra du temps, en deffendra aussi la Langue, dans laquelle ils auront esté escrits, ou plustost, nous ne doutons point que le respect qu'on aura pour une Langue que vous aurez parlée, & dans laquelle vous aurez dicté vos resolutions dans vos Conseils, donné vos ordres à vos Armées, & prononcé vos Oracles aux Nations, ne la rende victorieuse des siecles. Sur tout quel gage infaillible n'a-t-on point de son éternelle durée, dans ces precieux Mémoires que V. M. compose, pour asseurer à jamais la gloire & le bonheur de la France, & par le moyen desquels, l'Esprit de sagesse & de conduite qui la gouverne aujourd'huy, sera l'heureux Génie qui présidera sans cesse au Gouvernement de la Monarchie Françoise. Que si on a jamais deu se promettre qu'une Langue vivante peust parvenir à estre fixée, & à ne dépendre plus du caprice & de la tyrannie de l'Usage, n'avons-nous pas sujet de croire que la Langue Françoise, telle qu'elle est maintenant, sous le Regne de V. M. telle elle sera tousjours, parce qu'on regardera tousjours le Regne de LOUIS LE GRAND, comme le beau Siecle de la France, & celuy de la pureté de la Langue. Que la France, SIRE, qui vous a veu faire refleurir les Arts & les Lettres, restablir l'authorité des Loix, reünir tous vos Sujets dans le veritable culte, asseurer l'empire des Mers à

yos Flottes, rendre la victoire inſeparable de vos Troupes,
& porter ſi haut ſa gloire par vos Armes, puiſſe vous voir
regner long-temps dans le calme heureux d'une Paix, que
vos Armes triomphantes auront forcé vos Ennemis de rece-
voir de vous. Ce ſont les vœux, SIRE, que nous formons
tous les jours, & que les ſentiments de zele, d'admiration,
& de reconnoiſſance dont nous ſommes penetrez ne ceſſent
de nous inſpirer. Nous ſupplions tres humblement V. M. de
les agréer, & d'agréer en meſme temps, l'hommage reſ-
pectueux que nous luy rendons, en luy preſentant noſtre
Ouvrage; & nous ſommes avec une profonde vénération.